Couvertures supérieure et inférieure
en couleur

4245

I

PILOBOUFFI,

TRAGEDIE

EN CINQ ACTES.

(par d'autre)

Prix , vingt-quatre sols.

1755. v. l'année
littéraire de fréron.

AU LECTEUR.

IL y a quelque tems que j'eus envie de faire une Tragédie ; je pris une plume, de l'encre, du papier, & je fis une Tragédie. C'eſt ce *Pilobouſſ*, que je préſente aujourd'hui au Public.

Quel écart d'imagination ! aller prendre toute l'anti-chambre d'un Financier, & introduire avec pompe ſur la Scène un Froteur, des Laquais, des Femmes de Chambre, &c. Que n'avez-vous feuilleté, me diront ces *Meſſieurs*, les Faſtes de l'Antiquité, pour faire revivre quelques-uns de ces Héros de la Grèce ou de Rome ? Qui, un Aléxandre ? un Céſar ? & tant d'autres qui leur reſſemblent : Boileau va répondre pour moi.

(a) Un injuste Guerrier , terreur de l'univers ,
Qui sans sujet courant chez cent peuples divers,
S'en va tout ravager jusqu'aux rives du Gange,
N'est qu'un plus grand Voleur que du Terte & Saint
          Ange. (b)

Il dit encore ,

Du premier des Césars on vante les exploits,
Mais dans quel Tribunal, jugé suivant les Loix,
Eut-il pû disculper son injuste manie ?
Qu'on livre son pareil en France à la Reynie,
Dans trois jours nous verrons le Phénix des Guerriers,
Laisser sur l'échaffaut sa tête & ses lauriers.

Ce langage est celui de la vérité ;
j'en suis trop ami pour aller ressusci-
ter ces fameux *Dévasteurs* de l'univers , & leur prêter des sentimens
qu'ils n'eurent jamais ; si leurs noms
sont devenus célébres parmi nous,
ils n'en sont redevables qu'aux heureux talens du Grand Corneille, de
Racine, de M. Crébillon & Voltaire:

(a) Sat. XI.
(b) C'étoient deux fameux Voleurs de grand che-
min de son tems.

pour moi qui ne chauſſe point le co-
thurne, & qui n'eſtime les gens qu'à
proportion de leur valeur intrinſe-
que, je trouve plus digne de ma Muſe,
un Froteur qui mene une vie labo-
rieuſe & innocente , que tous ces
Conquérans , dont la baſſeſſe & la
flatterie ont fait jadis des Héros , &
quelquefois même des Divinités : c'eſt
ma façon de penſer. D'ailleurs, l'objet de la Tragédie eſt de repréſenter
un événement, un fait mémorable,&c.
Pourvû que les événemens ſoient en
même raiſon que les perſonnes, cet
objet eſt rempli ; la cataſtrophe
de vingt bâtons qui éreintent *Pilo-*
bouffi, eſt à ce pauvre diable de Froteur, ce que celle de vingt poignards
qui percent Céſar , eſt à cet ambi-
bieux Républicain : Voilà la raiſon
du choix de mon Héros.

AU LECTEUR.

On ne trouvera pas fans doute extraordinaire que je faſſe parler quelquefois en termes pompeux, des gens que l'on ſuppoſe ne devoir s'exprimer qu'avec une proſe peu réguliere ; on ſçait que les Domeſtiques ſont les ſinges de leurs Maîtres : tel langage, telles manieres, telles minauderies ; tout cela ſe répéte dans ces agréables comités où les Femmes de Chambre du premier ordre donnent le ton ; Maîtres-d'Hôtels, Valets de Chambre, Cuiſiniers, premiers Laquais même qui y ſont admis, repréſentent au naturel ce qui ſe paſſe dans le Cabinet d'Aſſemblée. Il n'eſt donc point étrange que je faſſe parler quelquefois à mes Perſonnages le langage de la bonne compagnie, & que je les repréſente avec toute la dignité des originaux dont ils ſont les fideles copies.

Vous, Lecteurs, qui ne favez vous amufer qu'aux dépens de l'honnêteté & de la pudeur, gardez-vous de lire mon Ouvrage, il vous déplairoit. Loin de moi ces expreffions fcandaleufes, ces équivoques groffieres, qui, pour être bien dites, n'en font pas moins l'opprobre de leurs auteurs & le principe de la corruption des mœurs ; ami de la vertu par goût & par réflexion, je la refpecte dans mes concitoyens, je la refpecte dans moi-même, &

C'eft par-là que je vaux, fi je vaux quelque chofe.
Boil. Sat. VII.

ACTEURS.

CARMAGNOLE, premier Laquais, amoureux de Margot.

CASCARET, dernier Laquais, Confident de Carmagnole.

PILOBOUFFI, Froteur, autrefois Soldat, Amant de Margot.

GUIGNOLET, Garçon d'Office, Confident de Pilobouffi.

MARGOT, Femme de Chambre, Amante de Pilobouffi.

SUSON, Fille de Garde-Robe, Confidente de Margot.

Me MISTANFLUTE, Femme de Charge, amoureuse de Carmagnole.

FRIGOUSSE, Cuisinier.

BLAISE, Valet du Jardinier.

La Scène est dans le Salon de la Maison de Campagne de M. ***, pendant son absence.

PILOBOUFFI,

PILOBOUFFI,
TRAGEDIE
EN CINQ ACTES.

ACTE I.

SCENE I.

CARMAGNOLE *entre le chapeau enfoncé sur la tête, & paroît enseveli dans une profonde rêverie.* CASCARET *le suit.*

CASCARET.

EIGNEUR, depuis six mois admis par
    vos bontés,
A l'honneur de manger la soupe à vos
   côtés,
Je sens de ce bienfait toute la conséquence,
Et mon cœur aujourd'hui plein de reconnoissance....

A

PILOBOUFFI,

CARMAGNOLE.

Ami, tes sentimens me sont trop bien connus,
Ils sont dignes de moi, ne m'offre rien de plus.

CASCARET.

Si de mon amitié vous sçavez l'étenduë,
Pourquoi donc me cacher le chagrin qui vous tuë ?
Vous fuyez les plaisirs, & toujours dans le deuil,
Je ne vous vois jamais qu'avec la larme à l'œil :
Non, Seigneur, vous doutez de toute ma franchise,
Ou plutôt en secret votre cœur me méprise ;
Quoi donc, ignorez-vous que les plus noirs soucis,
Dès qu'ils sont partagés, sont toujours adoucis ?
Quel grief assez fort a pû vous interdire,
Depuis près de deux mois la faculté de rire ?
Vous, à qui tout prospere & que l'on voit céans
Faire auprès du Bourgeois la pluye & le beau tems.

CARMAGNOLE.

Bien nourri, bien vêtu, des profits, de bons gages,
Payé très-grassement pour quelques fins messages,
Heureux par mon état, malheureux par le sort,
Je n'envisage plus, cher ami, que la mort !

CASCARET.

Seigneur, que dites-vous ? Plutôt que perdre l'être,
Ah ! je préférerois le séjour de Bicêtre.
Auriez-vous par hasard insulté le ressort,
De la huche qu'ici l'on nomme coffre fort ?

Parlez françois, Seigneur, car si la chose est telle,
Oui, pour vous je me livre à l'affreuse ficelle.

CARMAGNOLE.

Malheureux, quel soupçon! ai-je l'air d'un voleur?
J'admire cependant la bonté de ton cœur,
Et ce trait peu commun t'acquiert ma confiance,
Je vais de mon secret te faire confidence.
J'aime, cher Cascaret, & l'objet de mes feux
Est l'aimable Margot: en vain contre ses yeux
Je me voulus armer d'une raison sévere,
J'affectai les dehors d'un Philosophe austere:
Pour éloigner mon cœur de cet objet charmant,
J'y cherchai des défauts, mais inutilement:
Un seul de ses regards confondit ma sagesse,
Et je fus obligé d'avouer ma foiblesse.

CASCARET.

Dans tout ceci, Seigneur, je ne vois point de maux
Capables d'effleurer en rien votre repos:
Vous adorez Margot, sans doute elle vous aime?

CARMAGNOLE.

Qu'il s'en faut, cher ami! ma douleur est extrême:
Ecoute le récit qui fait tout mon malheur.
Ne pouvant contenir pour elle mon ardeur,
Un jour je l'abordai, nous étions tête-à-tête,
(C'étoit, je m'en souviens, la veille de sa fête.)
La Reine des Margots, lui dis-je en souriant,
Voudroit-elle de moi recevoir un présent?

Je poſſede le ſeul digne de ſa belle ame :
C'eſt l'hommage d'un cœur, qui d'une pure flame
Brûlé depuis long tems, n'aſpire qu'au bonheur
D'être tout à la fois époux & ſerviteur.
Là-deſſus j'étalai ma fortune préſente,
Mille écus de comptant, cinq cens livres de rente,
Six gobelets d'argent, un bon lit, un buffet,
Et pour tout achever, un ménage complet.
Je lui fis voir auſſi qu'à quelqu'Emploi peut-être,
Je pourrois parvenir auſſi-bien que mon Maître :
Enfin pour attendrir ce vrai cœur de Lapon,
Faut-il le dire, hélas ! du bas de ſon jupon
Humblement je portai le padou ſur ma bouche,
Ami, le croirois-tu ? ſur moi cette farouche
Jettant de noirs regards, m'impoſa le tacet :
A ce coup imprévu demeurant ſtupéfait,
Malgré moi de mes yeux coulerent quelques larmes,
Je crus qu'à ce ſpectacle elle rendroit les armes ;
Vaine eſpérance, hélas ! la cruelle à l'inſtant,
Avec un ris mocqueur, quitta l'appartement.

CASCARET.

Ce procédé, Seigneur, me paroît malhonnête,
Et de-là je conclus que Margot eſt fort bête.

CARMAGNOLE.

Ami, ne le crois pas..... Je connois ſon eſprit,
Non ſans quelque raiſon jamais Margot ne rit.

Je me crois un rival, & mon orgueil s'offenfe
De celui qui me femble avoir la préférence.

CASCARET.

Seroit-ce l'Intendant, ou le Maître-d'Hôtel ?

CARMAGNOLE.

Piloboufsi, mon cher, voilà l'heureux mortel !
Il a fait, m'a-t. on dit, fes preuves à l'armée,
Et nos fiers ennemis, au nom de la Ramée
(C'étoit fon nom de guerre) étoient tranfis de peur ;
Si toujours revêtu de ce furnom d'honneur,
Piloboufsi de Mars eut fuivi les enfeignes,
J'euffe de fes fouliers baifé jufqu'aux empeignes !
Un rival tel que lui m'auroit même flaté :
Mais depuis qu'en Froteur lâchement ajufté,
Ce garçon a troqué fes lauriers pour des broffes ;
Oui, je l'eftime moins qu'un Palfrenier de roffes ;
Cependant en héros je prétens l'attaquer,
Mais en homme prudent qui ne doit rien brufquer.
Je veux être certain de leur flâme fecrette,
Avant que d'en venir au coup que je projette.
Trembles, trembles, Margot, pour ton Piloboufsi,
Je prétens l'immoler à mon amour trahi ;
Puis-je, cher Cafcaret, m'affurer de ton zele ?

CASCARET.

Seigneur, jufqu'à la mort je vous ferai fidele ;
Ordonnez,

CARMAGNOLE.

. Je t'en crois : Eh bien, de ces Amans
Tâches de pénétrer quels font les fentimens.
Du Seigneur de ce lieu, les gens fuivant l'ufage,
Aujourd'hui donneront un bal dans ce Village,
Ils iront tous les deux ; c'eft-là, cher Cafcaret,
Qu'il faut pour mon repos découvrir ce fecret....

CASCARET.

Repofez-vous fur moi d'éclaircir votre affaire,
Avant peu vous faurez tout le fin du myftere.
J'entens venir quelqu'un : Adieu mon protecteur.

A Madame Miftanflute qui entre.

Madame Miftanflute, ah ! votre ferviteur.

SCENE II.

Mᵉ MISTANFLUTE , CARMAGNOLE.

Mᵉ MISTANFLUTE.

CE Cafcaret eft libre, ainfi qu'un cours de ventre,
Il devroit être inftruit que quand une Dame entre,
L'apoftropher en face en proférant fon nom,
C'eft manquer de refpect à ce fexe mignon :

A Carmagnole.

Ce ruftre auroit befoin, Monfieur de Carmagnole,
D'aller un peu de tems à votre docte école,

TRAGEDIE.

CARMAGNOLE.

A la vôtre, Madame, il apprendroit bien mieux
Le secret de se rendre aimable à tous les yeux.

Me MISTANFLUTE.

Votre riposte est prompte & sent la flaterie :
Vous êtes le héros de la galanterie,
Votre discours exhale un encens séducteur,

CARMAGNOLE.

Madame.....

Me MISTANFLUTE.

Ah ! finissons ; paix, petit imposteur ;
Ecoutez-moi parler : votre sort m'intéresse,
Ici je viens exprès vous peindre la tendresse......

CARMAGNOLE.

Quoi ! Madame....

Me MISTANFLUTE.

Un moment, treve à la passion,
Reprenez vos esprits, c'est par commission ;
Mais il faut du secret,

CARMAGNOLE.

J'y serai très-fidele,

Me MISTANFLUTE.

Je vous en crois : sachez qu'une Veuve assez belle,
Lasse de son état, veut choisir un époux,
Aujourd'hui, par mes soins, ce choix tombe sur vous,
Et pour vous engager à conclure l'affaire,
Elle doit de son bien vous faire légataire.

A 4

PILOBOUFFI,

CARMAGNOLE.

Ah ! Madame , pour moi cet excès de bonté
Excite en mon efprit la curiofité :
Me prendre pour époux ! me donner fes piftoles !
Ma foi ce n'eft pas là de ces offres frivoles ;
De cette aimable Veuve apprenez-moi le nom.
Madame , & dans l'inftant.......

Mᶜ MISTANFLUTE.

Votre décifion ,
Ou plutôt votre aveu fur ce que je propofe ,
Eft d'abord ce qu'il faut avant toute autre chofe,
Après quoi l'on verra fi l'on peut fans danger
Vous en dire un peu plus ,

CARMAGNOLE.

On ne peut s'engager ,
Madame , fur un point d'auffi grande importance ,
Qu'avec la belle, au moins, l'on n'ait fait connoiffance ;
Si mon cœur n'aime pas , il dira toujours non.

Mᶜ MISTANFLUTE.

Tous ces beaux fentimens ne font plus de faifon,
Avec eux vous feriez un jour la cullebute.
Jeune enfant, j'époufai Monfieur de Miftanflute,
Comme vous je croyois que l'hymen fans l'amour,
Etoit à fupporter des malheurs le plus lourd :
Au bout de quatre jours je penfai le contraire,
Et j'éloignai de moi cette antique chimere.
Mon pere à cet égard ufa de tous fes droits ,

Et fit ce prompt hymen fans confulter mon choix,
J'eftimai mon époux on ne peut davantage,
Monfieur de Miftanflute étoit un homme fage,
Sa tendreffe, fes foins furent gagner mon cœur,
De l'un & l'autre encor nous ferions le bonheur,
Si la maudite Parque à mal faire inclinée,
N'eut par un mal de reins tranché fa deftinée.
Il me laiffa fon bien, j'y trouvai mon profit,
L'aifance nous engraiffe, & l'amour nous maigrit,
Et de-là je conclus, Monfieur, qu'en mariage
La marmite fondée eft la paix du ménage.

CARMAGNOLE.

Je m'en rapporte à vous, on ne peut parler mieux,
Mais daignez contenter mon defir curieux.....

Mᶜ MISTANFLUTE.

Vous voulez, je le vois, connoître cette belle?...
Envifagez-moi bien....Je fuis fa fœur jumelle,
Tant nous nous reffemblons,

CARMAGNOLE.

Madame, à ce retour
Je ne m'attendois pas,

Mᶜ MISTANFLUTE.

Je le crois fans détour ;
On eft affez paffable : Eh bien, fur cette preuve,
Sans doute vous rendez les armes à la Veuve?

CARMAGNOLE.

Certainement, Madame....

PILOBOUFFI,

Me MISTANFLUTE.

Ah ! point de complimens,

CARMAGNOLE.

C'est le cœur qui me dicte....

SCENE III.

FRIGOUSSE, *en deshabillé de Cuisinier*, **CARMAGNOLE**, **Me MISTANFLUTE.**

FRIGOUSSE.

AH! ah! je vous y prens,
Il paroît qu'en ces lieux, Seigneur de Carmagnole,
D'un amoureux transi vous déclamez le rôle:
Je me retire....

CARMAGNOLE.

Non, d'une commission.....

FRIGOUSSE.

A d'autres, croyez-vous que je sois un oison ?

CARMAGNOLE *à Me Mistanflute, d'un air mystérieux.*

Je vais l'exécuter ;

Me MISTANFLUTE.

Mais revenez bien vîte.

SCENE IV.

FRIGOUSSE, Me MISTANFLUTE.

FRIGOUSSE.

MAdame, ce garçon a vraiment du mérite.

Me MISTANFLUTE.

Il est très-bien tourné, je lui crois du talent,

FRIGOUSSE.

Je m'en rapporte à vous, dont le discernement,
Sain par l'expérience, & plus que mûr par l'âge....

Me MISTANFLUTE.

Mais voyez ce faquin avec son gros visage:
Apprenez, mon ami, que vous n'êtes qu'un sot;
Il vous convient beaucoup avec cet air magot,
D'oser me dire en face une telle insolence.

FRIGOUSSE.

Attribuez, Madame, à ma seule ignorance
L'irrégularité de ce raisonnement,
Je comptois sur ma foi vous faire un compliment.

Me MISTANFLUTE.

Il est digne, Monsieur, de votre esprit caustique;
Quand avec le beau sexe aussi mal on s'explique,
Il faut savoir garder un silence profond.

Elle sort,

SCENE V.

FRIGOUSSE.

Regardez donc un peu cette vieille guenon,
Comme elle tranche ici de la jeune fillette :
Pécore déhanchée & caduque coquette,
Ne sembleroit-il pas que depuis quatorze ans
On ignore combien il lui reste de dents ?
Ici quand elle entra j'en fis bien l'inventaire,
Elle en avoit en tout neuf, dont une molaire :
En ayant perdu six par une fluxion,
Qui de neuf ôte six par la soustraction,
Reste trois en total si je calcule juste.
Voyez le bel objet, c'est être bien injuste
De dire qu'elle doit avoir un sens rassis :
Elle croit en peignant de noir ses deux sourcils,
Et de son jaune cuir blanchissant la surface,
Donner de l'agrément à sa frêle carcasse :
Mais non, elle se trompe, & de sa faulx le Tems
A gravé sur son front au moins dix fois cinq ans....
Mais j'apperçois Suson.... Que cherches-tu la belle ?

SCENE VI.

SUSON, FRIGOUSSE.

SUSON, *en se retirant.*

CE n'est pas vous, Monsieur,

FRIGOUSSE.

Tiens cette peronelle;
En la retenant.
Parbleu tu resteras....

SUSON.

Non, je n'ai pas le tems;
Lâchez-moi, s'il vous plaît....Vous froissez mes rubans.

FRIGOUSSE.

Tes attraits tous les jours cachés dessous la crasse,
Perdoient par ce vernis ce qu'ils ont de grace:
Mais aujourd'hui, tubleu, si j'avois le loisir,
Pour Sultane, Suson, je te voudrois choisir.

SUSON, *en voulant encore se retirer.*
Oh! d'un pareil honneur je ne suis pas éprise.

FRIGOUSSE *la retenant.*
Oui, pour toi je me sens une amoureuse crise.

SUSON.
Laissez-moi donc partir.... Vous êtes pétulant

FRIGOUSSE.
Avec toi l'on ne peut faire trop le galant,

Tu ne vois rien encore.... Ah çà , parlons d'affaire ;
Tu cherchois ton amant , ne fais point de myſtere ?

SUSON.

Vous vous trompez bien fort : ſur mon ajuſtement
Je voulois de Margot ſavoir le ſentiment ;
Je la croyois ici....

FRIGOUSSE.

Je ne ſuis pas ta dupe ,
Je connois les détours du ſexe porte-jupe.

SUSON.

Vous êtes des mortels le plus original ,
Tantôt je vais danſer.....

FRIGOUSSE.

Ah ! tu ſeras du Bal ,

SUSON.

Sans doute , & pour briller , car j'aime la parure ,
A la Rhinoceros j'ai monté ma coëffure.

FRIGOUSSE, *d'un ton ironique.*

L'amour par vos beaux yeux lance des traits vainqueurs ;
Vous y diſputerez à Margot tous les cœurs.

SUSON.

Mais ne penſez pas rire , on en vaut bien une autre ,
Le mérite d'autrui ne fait point tort au nôtre :
Sans avoir de Margot , les graces , les beaux yeux ,
On peut auſſi bien qu'elle avoir des amoureux.

F R I G O U S S E.

En fais-tu quelques-uns qui briguent fa tendreſſe?
Je la crois entre nous un tant ſoit peu Lucrece.

S U S O N.

Je n'en connois aucun qui poſſede ſon cœur,
Mais elle doit avoir plus d'un adorateur.

F R I G O U S S E.

Oh ! je m'en doute bien , & ce dehors ſauvage ,
Du cœur preſque toujours n'eſt qu'une fauſſe image.

S U S O N.

Que vous êtes méchant !

F R I G O U S S E.

Ceſſons de babiller :
Pour le Bal de tantôt je me vais habiller ;
J'y veux rire, Suſon, aux dépens de ces belles,
Qui vont ſe rengorger & faire les cruelles :
J'y veux railler , médire, exciter dans les cœurs
Contre le ſexe entier mes joyeuſes fureurs.
Je veux feindre tout haut de leur rendre les armes,
Lorſqu'entre cuir & chair je rirai juſqu'aux larmes ;
C'eſt le plaiſir du Bal... Adieu l'aimable enfant.
J'en ris déja d'avance. Ah ! ... Ah !

Il ſort en riant.

S U S O N.

Quel garnement !

Fin du premier Acte.

ACTE II.

SCENE I.

PILOBOUFFI, *en deshabillé de Froteur,*
GUIGNOLET.

PILOBOUFFI.

IL faut, cher Guignolet, qu'aujourd'hui je m'ex-
plique:
Cette maison renferme un nombreux domestiqut
Mais je puis t'assurer que toi seul en mon cœur
Mérites d'être assis à la place d'honneur.

GUIGNOLET.

Seigneur, de cet aveu qui me comble de gloire,
Je solemniserai tous les jours la mémoire:
D'un homme tel que vous posséder l'amitié,
Vaut mieux que du gros lot attraper la moitié.

PILOBOUFFI.

C'est mettre à bien haut prix le tribut légitime,
Qu'on ne sauroit, ami, te refuser sans crime:
Mais faisons s'il te plaît treve pour ce moment,
A ce fade jargon qu'on nomme compliment;

Parlons

Parlons un peu d'affaire, & fur ce que je penfe,
Affermis mes foupçons, ou plains mon imprudence.
Tu connois de Margot les charmes féducteurs,
Tu fais que Cupidon comme un chef de voleurs
Rançonne par fes yeux quiconque en fon paffage
Ofe la rencontrant regarder fon vifage?
Tu fais enfin, mon cher, que fon trait meurtrier
Bleffe le Philofophe ainfi que le Guerrier:
Mon cœur eft fa victime, & Margot dans mon ame
A fait de fes beaux yeux paffer toute la flâme;
Le filence eft pour moi le moindre des tourmens,
Car elle ignore, ami, tout ce que je reffens:
Mais jaloux à l'excès, la moindre politeffe
Que l'on fait à Margot, me chagrine & me bleffe;
Je voudrois qu'on la vît plus laide qu'un hibou,
Que quand elle paroît, on crie au loup-garou.
Ces defirs j'en conviens fruits de la jaloufie,
Sont plus qu'impertinens, empoifonnent ma vie;
Cependant je leur cede, & dans ces noirs accès,
Je verrois d'un œil fec de Margot le décès,
Plutôt que de la voir, accorder fa tendreffe
A tout autre qu'à moi,

GUIGNOLET.

Seigneur, cette foibleffe,
Eft le type certain de votre paffion.
On a vû quelquefois l'Amour prendre un bâton,
Et fur le dos charnu de la Nymphe chérie,
Exprimer de fes feux l'amoureufe furie.

B

PILOBOUFFI.

Ah ! ce feroit trop loin porter cet affreux mal,
J'aime, je suis jaloux, mais sans être brutal.
Je sais que pour Margot plus d'un mortel soupire ;
Chaque jour elle entend quelque nouveau martire :
Carmagnole est aimé si j'en crois mon soupçon,
J'en juge par mon trouble en prononçant son nom.

GUIGNOLET.

La chose se pourroit.....

PILOBOUFFI.

Taisons-nous par prudence,
J'apperçois Cascaret qui dans ces lieux s'avance.

SCENE II.

CASCARET, PILOBOUFFI, GUIGNOLET.

CASCARET.

SAns être un indiscret, Seigneur Pilobouffi,
Puis-je vous témoigner combien je suis ravi
De voir cet embonpoint, symbole d'abondance,
Qui pare votre teint, qui gonfle votre pance ;
Votre front revêtu d'un lard appétissant,
Conserve la fraîcheur de l'âge adolescent.

PILOBOUFFI.

Que je fois maigre ou gras, ce n'eſt pas votre affaire....

CASCARET.

Pardonnez-moi, Seigneur, ſi j'ai pû vous déplaire.

PILOBOUFFI.

Je hais les fots diſcours, jadis je fus foldat,
Partant des complimens je fais fort peu d'état.

CASCARET.

A vos moindres défirs je fuis prêt à foufcrire,
Mais parlons du fujet qui près de vous m'attire:
Je viens vous avertir comme un fidele ami,
Qu'en ces lieux vous avez un fecret ennemi,
Qui briguant votre place & fes prérogatives,
Ajoûte à l'impofture encor mille invectives :
Il déclame par tout que la belle Margot,
D'un indompté Froteur a fait un godenot,
Qui laiſſant à la fois, balai, broſſes & cires,
Du matin jufqu'au foir à fes genoux foupire.

PILOBOUFFI.

Quiconque fur mon compte ofe parler ainſi,
En a tout comme un chien par fa gueule menti.
L'amour peut fur mon cœur remporter la victoire,
Sans que ce foit jamais aux dépens de ma gloire.
Mon état me prefcrit des devoirs à remplir,
Avec fidélité je fais les accomplir ;
On ne me verra point laiſſant là mon ouvrage,
D'un amoureux trânſi jouer le perfonnage,
B 2

Tandis que le parquet d'un vaste appartement,
Réclame de mon pied l'utile frottement.

Que le fameux vainqueur du Centaure impudique,
Dont l'amour avoit fait un bidet pacifique ;
Assujetti lui-même au joug de cet enfant,
Tortille dans ses doigts le chanvre en badinant,
Qu'aux pieds de sa Maîtresse il fasse le jocrisse,
Que dans un vil repos sa gloire se flétrisse,
C'est ainsi qu'on devient d'un héros un oison :
Je respecte chez moi les droits de la raison,
Commander à l'amour est œuvre de sagesse,
Obéir à l'amour est preuve de foiblesse,
Je puis aimer Margot, sans que ma vive ardeur,
Me fasse négliger les devoirs de Froteur.

C A S C A R E T.

Vous le voyez, Seigneur , combien la pâle envie,
Répand son noir venin sur la plus belle vie.
Oui je l'aurois juré vos instans de loisirs,
Sont sans doute les seuls donnés à vos soupirs :
Quand cet appartement est mis à sa toilette,
Vous avez tout le tems de parler amourette.

G U I G N O L E T.

Tu parois curieux, Monsieur de Cascaret?

P I L O B O U F F I.

Margot s'avance ici, Messieurs au cabaret.

SCENE III.

SUSON, MARGOT.

SUSON.

MAdame, jufqu'à quand comme fainte Mitouche,
Serez-vous tout un jour fans nous ouvrir la
bouche ?
Notre fexe a dit-on grand plaifir à caufer,
Comment pouvez-vous vivre, & vous y refufer ?
Me cacher vos chagrins, c'eft me faire injuftice :
Quoi voulez-vous enfin qu'une affreufe jauniffe,
Exerçant fa fureur fur vos attraits naiffans,
En un pâle citron change vos agrémens ?

MARGOT.

Ceffe de me vanter un fi foible avantage,
Hélas ! à mon bonheur il n'eft d'aucun ufage..
De même qu'une fleur fans efpoir de retour,
Se fane fur fa tige avant la fin du jour :
Telle eft, chere Sufon, la naïve peinture,
De ces frêles préfens que nous fait la nature ;
Aujourd'hui de nos yeux on vante le pouvoir,
Demain tout éraillés ils font horreur à voir.

SUSON.

Non, non, il s'en faut bien qu'arrivée à ce terme,
Où l'on voit chaque jour rider fon épiderme,

B 3

PILOBOUFFI,

Vous foyez parvenue aux deux tiers feulement,
A votre âge, Madame, on a plus d'un amant.
Si comme vous j'étois agréable & gentille,
J'aurois bientôt troqué mon pauvre état de fille !
Je voudrois à mes pieds voir mille foupirans,
Laquais & Marmitons, Cuifiniers, Intendans.

MARGOT.

Un aftre trop malin, Sufon à ma naiffance,
Répandit fur mes jours fa fatale influence :
Trifte jouet du fort, j'entrevois pour état,
Le refte dé mes jours un fâcheux célibat.

SUSON.

Epoufez, croyez-moi, Monfieur de Carmagnole,
L'offrande de fon cœur n'eft pas chofe frivole :
Auprès de notre Maître on connoît fon crédit,
Pour tout dire en un mot, la fortune lui rit ;
Peut-être au premier jour dans la magnificence,
Vous le verrez pourvû d'un emploi de Finance.

MARGOT.

Je le méprife trop,

SUSON.

Non, pour un tel dédain,
La feule antipathie eft un prétexte vain :
Sans doute un autre amant, plus heureux, plus ai-
mable,
Occupe en votre cœur une place honorable ?

MARGOT.

Hélas !

SUSON.

Vous foupirez , je vois couler vos pleurs ,
Me ferois-je trompée ?

MARGOT.

Apprens tous mes malheurs.
Il fut un tems Sufon où j'étois trop heureufe ,
Hélas ! c'étoit le tems où j'étois ravaudeufe.
D'une échoppe placée en un quartier vivant ,
J'avois du Magiftrat obtenu l'agrément ;
Tous les jours de bonne heure affife à ma boutique ,
Chacun avec plaifir me donnoit fa pratique ;
J'avois autour de moi des guirlandes de bas ,
Je fuffifois à peine à tout cet embarras.
On payoit à l'envi graffement mon ouvrage ,
Enfin en moins d'un an je me fis un ménage ,
Rien n'y manquoit, Sufon, il étoit bien monté :
On vantoit en tous lieux ma naiffante beauté.
Parmi tous les amans empreffés à me plaire ,
Uu fameux Savetier me demande à ma mere ,
On dreffa le contrat , on publia les bancs ,
De mon futur époux je reçus les préfens ,
Mais hélas ! qui l'eût cru ? le jour des accordailles
Devint en même tems le jour des funérailles :
Le pauvre Savetier mangea tant d'un jambon ,
Qu'il en mourut la nuit d'une indigeftion.

Le tems & la raison sur ma douleur amere ,
Répandirent enfin leur baume salutaire ,
J'écartai du chagrin le dangereux poison ;
Mon état me déplut , je me mis en maison.

SUSON.

Madame , votre histoire est tout-à-fait tragique ,
On en pourroit je crois faire un Poëme épique ,
Mais enfin si la mort vous priva d'un mari ,
Vous pouvez aisément en prendre un autre ici.

MARGOT.

Hélas ! chere Suson , le mortel qui me touche ,
A mes tendres regards , oppose un air farouche ;
Carmagnole est vengé de toute ma rigueur ,
L'ingrat Pilobouffi me refuse son cœur !

SUSON.

Comment c'est ce Froteur qui vous tient en cervelle !
Au bon sens , dites-moi , vous cherchez donc querelle ,
Ma foi vous marier avec cet égreffin ,
C'est vouloir mettre ensemble & la soif & la faim....

MARGOT.

Les richesses , Suson , sont de brillantes chaînes ,
Qui deviennent souvent l'instrument de nos peines.

SUSON.

Oh , je ne prétens pas que la prospérité ,
Du lien conjugal soit la félicité ,
Mais la frugalité , quand elle est nécessaire ,
Comme deux gouttes d'eau ressemble à la misere :

Vous qui pouvez briguer la main d'un Intendant....

MARGOT.

Paix , je vois Carmaguole.

Elle se retire avec Suson.

SCENE IV.

CARMAGNOLE, MARGOT.

CARMAGNOLE, *retenant Margot.*

ARrêtez un moment :
Quoi ne puis-je espérer le bonheur de vous plaire ?

MARGOT.

Mon départ à l'instant me paroît nécessaire :
D'ailleurs, vous le savez, nous sommes d'un grand bal...

CARMAGNOLE.

Ah ! vous voulez y plaire à mon heureux rival.
A ce soin affecté d'éviter ma présence ,
A ces regards errans, à ce morne silence ,
Cruelle , croyez-vous que j'ignore mon sort ?
Non, non je l'entrevois, mais par un noble effort,
Je saurai surmonter une aveugle tendresse.

MARGOT.

Depuis longtems, hélas ! Monsieur je vous en presse.
Je vous ai déja dit que l'hymen me fait peur,
Et que ma liberté fait seule mon bonheur.

PILOBOUFFI,

CARMAGNOLE.

Ah ! que vous favez bien ingrate l'art de feindre.
Eh bien, vous le voulez, je faurai me contraindre,
Vos ordres font pour moi des décrets abfolus,
De mon fatal amour je ne parlerai plus :
Mais craignez pour le dos d'un rival qui m'outrage
Tout le reffentiment qu'autorife la rage.

MARGOT.

Ce foupçon infultant ne me regarde pas.

CARMAGNOLE.

Je connois votre cœur, vous craignez fon trépas ;
Tremble, Pilobouffi, redoute ma vengeance.....

MARGOT.

Infolent pour jamais évite ma préfence.

Elle fort.

CARMAGNOLE, *courant après elle.*

Je vous fuivrai par tout.... Allons à fes genoux
Tâcher de la fléchir.

S C E N E V.

Mᶜ MISTANFLUTE , CARMAGNOLE.

Mᶜ M I S T A N F L U T E.

Monſieur , où courez-vous ?

CARMAGNOLE , *à part.*

O contre tems fâcheux !....

Mᶜ M I S T A N F L U T E.

Quelle laide grimace !
Pourquoi cette pâleur qu'on voit ſur votre face ?

C A R M A G N O L E.

Madame , d'un billet qu'on vient de m'envoyer. ...

Mᶜ M I S T A N F L U T E.

Non , de cette raiſon je ne puis me payer ,
Vous mentez , j'en ſuis ſûre ,

C A R M A G N O L E.

Eh , quel motif , Madame ,
Pourroit à l'artifice aſſujettir mon ame ?
Mais daignez agréer que je vous diſe adieu.

Mᶜ M I S T A N F L U T E.

Vous ne ſortirez pas aujourd'hui de ce lieu ,
Que nous n'ayons , Monſieur , décidé cette affaire ,
De laquelle tantôt je vous ai fait myſtere ;

Il faut en quatre mots, votre décifion,
Répondez, voulez-vous vous marier ou non?

CARMAGNOLE.

Non, Madame.

Mᶜ MISTANFLUTE.

Pourquoi?

CARMAGNOLE.

Je veux fur la future
M'en rapporter à moi, connoître fa figure.

Mᶜ MISTANFLUTE.

Eh bien, contemple-moi, je fuis cette beauté,
Qui rompt pour toi les vœux de fa viduité.

CARMAGNOLE.

Madame, à vos bontés je dois ce facrifice,
Mais je fuis obligé de me rendre juftice,
Je ne mérite pas un bonheur fi parfait.....
Un autre époux que moi fera mieux votre fait.

Mᶜ MISTANFLUTE.

Ce refus eft l'effet de votre modeftie,
Il augmente pour vous ma tendre fympathie:
Ma perfonne, mon bien font maintenant à vous,
Quel jour prétendez-vous devenir mon époux?

CARMAGNOLE.

Madame, le refpect.....

Mᶜ MISTANFLUTE.

Ah! le refpect me bleffe,
~~Ce fentiment n'a rien qui m'intereffe:~~
Ce fentiment n'a rien qui m'intereffe:

e n'exige de vous qu'un fidele retour,
'amour, vous le favez, s'acquitte par l'amour,
Voilà le feul tribut dont je ferai jaloufe,
Et qu'avec intérêt vous rendra votre époufe :
Je fens bien que fuivant les chofes d'ici-bas,
Un efpoir fi flatteur ne vous regardoit pas,
Mais fi l'amour unit le Sceptre à la Houlette,
Il peut bien au Laquais conjoindre la Soubrette.

C A R M A G N O L E.

Madame, dans mon cœur pour vous je ne fens rien :
Je fuis un homme franc qui feroit.....

Mᶜ M I S T A N F L U T E.

Comment, chien !

Tu ne m'aimes pas ?

C A R M A G N O L E.

Non,

Mᶜ M I S T A N F L U T E.

Mes yeux comme une meche

Ne t'ont pas embrâfé ?

C A R M A G N O L E.

Je ne fens point de breche

A ma tranquillité.

Mᶜ M I S T A N F L U T E.

Comment, chétif valet !

Mes charmes fur ton cœur n'ont pas produit d'effet ?

C A R M A G N O L E.

Non, Madame,

Mᵉ MISTANFLUTE.

Ah ! gredin, je te rendrai senfible ;
Me voit fans m'adorer ! la chofe eft impoffible.

CARMAGNOLE.

Madame, je devrois chérir mon heureux fort ,!. ...
Faut-il vous parler vrai ? .... J'aimerois mieux la mort

Mᵉ MISTANFLUTE.

Quel aveu, Carmagnole ! ofes-tu donc en face,
Me tenir de fang froid ce difcours qui me glace ?
Tu me hais, mon enfant ! tu détournes les yeux !
Où font les fentimens de ton cœur généreux ?
Moi qui veux t'affranchir du joug de la mandille,
Qui te veux mettre au rang des enfans de famille :
Moi qui de tout mon bien te fais feul héritier,
Enfin moi dont le cœur eft pour toi tout entier....
Non, non, un loup cervier n'a pas été ton pere,
Tu n'as jamais fuccé le pis d'une Panthere,
Ton cœur n'eft pas cruel, prends pitié de mes maut.

CARMAGNOLE.

Madame..... Je ne puis aimer que mes égaux.

Mᵉ MISTANFLUTE.

Je t'entends, pied poudreux, que le Diable t'emporte ;
Fuis, vas donner ton cœur à quelqu'un de ta forte :
La caque, comme on dit, fent toujours le harang,
Tu nâquis un pacan, tu mourras un pacan ;

Le voile qui cachoit à mes yeux ta baffeffe,
Se leve & me fait voir quelle étoit ma foibleffe,
'en rougis, mais pied plat, ne crois pas à mes yeux
Cacher de tes refus le motif odieux.
e fais le bel objet qui te tient en cervelle;
n me l'avoit bien dit que cette péronelle,
ettoit un dévolu fur tous nos commençaux :
e ne te croyois pas du nombre des nigauds,
aurois cru t'infulter par un foupçon femblable;
ais puifque de ton fort l'Arrêt irrévocable
e force de croupir dans un honteux néant,
Reftes-y, galfretier, traître, méconnoiffant.
Je faurai me venger fur l'objet de ta flâme,
De l'horrible chagrin dont tu foüilles mon âme.

Elle veut fortir.

CARMAGNOLE, *la retenant.*

Ah ! Madame, daignez écouter ma raifon.

Me MISTANFLUTE, *en fortant.*

Je prétens qu'elle ou moi forte de la maifon.

CARMAGNOLE, *feul.*

Une femme à calmer n'eft pas petite affaire,
Mais j'y réuffirai puifque j'ai fçu lui plaire.

Fin du fecond Acte.

ACTE III.

SCENE I.

PILOBOUFFI *seul*, *en habit de Froteur*
avec un balai de crin, *des plumasseaux*
& des brosses.

PILOBOUFFI , *appuyé sur son balai.*

Qu ce parquet est sale!... Il présente à mes yeux,
Les téméraires pas d'un rival odieux.
Si le Maître arrivoit dans cette circonstance,
Il pourroit me taxer au moins de négligence.....
Ah ! cet affreux soupçon excite ma fureur,
M'accuser de manquer mes devoirs de Froteur !
Moi qui tous les matins commençant mon ouvrage,
Ne le finit qu'à l'heure où l'on sert le potage :
Moi qui dans tous les coins va scrupuleusement,
Chercher jusqu'au duvet dans son retranchement :
Enfin moi dont les pas sont guidés par la gloire,
Et qui vise en frottant au Temple de mémoire.....
Mais j'apperçois Margot , déclarons-lui mes feux.

SCENE II.

SCENE II.

PILOBOUFFI, MARGOT.

PILOBOUFFI.

Madame, vous voyez un homme furieux,
Qui rendit ce parquet hier comme une glace,
Lequel est obligé pour effacer la trace
Des larges escarpins d'un essaim de lourdauts,
De reprendre sa brosse avec ses plumasseaux.

MARGOT.

Votre métier, Monsieur, est tout-à-fait pénible,
A vos chagrins je suis extrêmement sensible.

PILOBOUFFI.

Votre cœur généreux prend part à mes travaux,
Hélas ! vous me plaignez du moindre de mes maux.
Depuis près de trois mois une playe incurable,
Fait en moi tous les jours un progrès effroyable :
Mon embonpoint s'éclipse.... Et mon malheureux sort
Va peut-être avant peu d'un vivant faire un mort.

MARGOT.

Je crois qu'il eut été, Monsieur, de la prudence,
D'arrêter promptement ce mal dès sa naissance.

PILOBOUFFI.

Belle Margot, c'est vous qui pouvez me guérir.

C

MARGOT.

Moi, vous guérir ?

PILOBOUFFI.

Oui vous. ... Mourons s'il faut mourir,
De ma témérité. ... Que vais-je vous apprendre ! ...
Il se jette à ses genoux.
Hélas ! de vos Amans peut-être le plus tendre,
C'est ce Pilobouffi qui demande le choix,
D'aller en l'autre monde, ou d'être sous vos loix.

MARGOT.

J'ai peine à revenir d'une pareille audace,
Ofer de fon amour m'entretenir en face !
Ignorez-vous, Monsieur, que ce tendre impromptu,
Foule aux pieds le respect qu'exige ma vertu.

PILOBOUFFI.

Je le fais, mais, Madame, ordonnez mon supplice,
Quel genre de trépas faut-il que je choisisse ?

MARGOT.

Aucun : gardez-vous bien seulement à mes yeux,
De laisser entrevoir un rayon de vos feux.

Elle veut sortir.

PILOBOUFFI, *la retenant.*

Ah ! cruelle Margot, quelle affreuse sentence !
Puis-je ufer envers moi de cette violence ?
Quoi, de ma vive ardeur ne vous parler jamais !
Rompez plutôt sur moi six manches de balais.

Non, l'auſtère vertu dont vous faites parade,
N'eſt pas le ſeul motif d'un Arrêt ſi mauſſade :
Un Rival fortuné me ferme votre cœur,
Et me rend à vos yeux plus noir qu'un Ramoneur.

MARGOT.

Piloboufi , ceſſez un diſcours qui m'offenſe ,
Apprenez les raiſons de mon indifférence ;
L'hymen eſt un duo, plein de déſagrémens ,
Qui réfroidit d'abord les plus tendres Amans :
C'eſt en vain qu'on ſe jure une ardeur éternelle ,
L'amour au premier fruit s'envole à tire d'aîle.
Des enfans au maillot , des couches à laver ,
Des cris ſoir & matin, jour & nuit ſe lever :
Supporter d'un époux le vin & la colere ,
Recevoir quelquefois la taloche & ſe taire ;
En peu de mots , voilà , Monſieur Piloboufi ,
Les raiſons qui me font refuſer un mari.

PILOBOUFFI.

Quoi , me ſoupçonnez-vous d'être un tygre ſauvage ,
Qui dédaignant des ſoins qu'il faut que je partage ,
Seule vous laiſſeroit ſupporter le fardeau
D'un ménage naiſſant , d'un enfant au berceau ?
Non , non , avec plaiſir dans cette douce chaîne ,
De concert avec vous partageant votre peine ,
Lange ou couche à la main, l'on me verroit toujours ,
Aux fruits de notre hymen donner mille ſecours.

M A R G O T.

Je vous crois, mais suivez un conseil salutaire,
De votre amour pour moi tâchez de vous défaire.

P I L O B O U F F I.

Eh ! le puis-je, inhumaine ?.... Il n'eſt qu'un ſeul
moyen,
De me débarraſſer de ce triſte lien:
Oui je vais l'employer, il ſera votre ouvrage,
Cœur cent fois plus cruel qu'un cœur d'Antropophage:
Vous deſirez ma mort, j'obéis à vos loix,
Je reprens le mouſquet une ſeconde fois,
Auſſi-tôt engagé je quitte ma brigade;
Et comme déſerteur conduit à l'Eſtrapade,
Un ſeul jour finira ma vie & mes malheurs:
Madame, je vous quitte;
Il ſort.

M A R G O T, *le retenant.*

Arrêtez.... Je me meurs !

P I L O B O U F F I.

Mon ſort vous intéreſſe !

M A R G O T.

Ah ! d'effroi je friſſonne:
Reſtez toujours Froteur.... C'eſt Margot qui l'ordonne.

P I L O B O U F F I.

Achevez mon bonheur.

MARGOT.

Mon trouble me trahit,

N'en exigez pas plus... Je vous en ai trop dit.

PILOBOUFFI.

Ah ! charmante Margot , pouvez-vous en trop dire :

Dans vos beaux yeux au moins permettez-moi de lire ,

Le favorable arrêt qui comble mon amour.

SCENE III.

SUSON , MARGOT , PILOBOUFFI.

SUSON.

JE vous cherche par tout ,

MARGOT.

Que veux-tu ?

SUSON.

Dans la cour

Un homme vous attend pour vous rendre une lettre

Qu'en main propre à l'inftant il voudroit vous remettre.

MARGOT.

à *Pilobouffi.*

J'y cours... Attendez-moi je reviendrai bientôt.

PILOBOUFFI.

Pour employer le tems je vais frotter là-haut.

C 3

SCENE IV.

CARMAGNOLE *entre sur la pointe du pied.*

J'Ai bien manqué mon coup.... J'aurois dû les sur-
prendre ;
Ah ! j'ai fait trop de bruit, ils auront pû m'entendre....
Mais.... S'ils s'aimoient tous deux, qu'auroit fait là
Suson ?
Un tiers pour des Amans n'est jamais de saison.

SCENE V.

CASCARET, CARMAGNOLE.

CASCARET.

SEigneur, n'en doutez plus, ce Rival qui vous blesse
Osé adorer Margot & briguer sa tendresse ;
Du fier Pilobouffi j'ai tiré le secret,
Ce matin en bûvant bouteille au cabaret :
Il l'aime....

CARMAGNOLE.

Ah ! que dis-tu ? quelle affreuse nouvelle !
Est-elle à son égard plus qu'au mien moins cruelle ?

CASCARET.

Il ne me l'a pas dit, mais à son air content,
On pourroit préfumer qu'il eſt heureux amant.

CARMAGNOLE.

Quoi, Margot à mes yeux feignant d'être inflexible,
Eſt donc en même tems pour un autre fenfible !...
Conçois-tu, cher ami, toute fa trahifon ?
De cet affront fanglant je veux tirer raifon.

CASCARET.

Ah ! Seigneur, permettez s'il vous plaît que je blâme,
L'excès de la fureur où vous livrez votre âme :
Quoi, fans réflexion, contre votre Rival,
Oferez-vous tenter un combat inégal ?
Ignorez-vous, Seigneur, que d'un Fort de la Halle
Il réunit en lui la force fans égale ?
Vous ne l'avez donc pas encore envifagé ?
Dans fes yeux le Dieu Mars paroît s'être logé :
Ses formidables mains, la terreur des échines,
Semblent toujours jouer avec des carabines :
On diroit que le feu fort de fes deux nafeaux,
Et qu'il va de mortels peupler trente tombeaux :
Enfin en contemplant fa face rubiconde,
On diſtile à pleins fceaux la fueur moribonde.

CARMAGNOLE.

Non, cet affreux portrait ne m'épouvante pas,
Un cœur tel que le mien affronte le trépas,

C 4

Je prétens aujourd'hui, comptant fur ma vaillance,
Obliger mon Rival d'implorer ma clémence.

CASCARET.

Seigneur, pourquoi vouloir braver mal-à-propos,
Un homme qui d'un coup vous brifera les os ?

CARMAGNOLE.

Mais, dois-je fans rien dire avaler la pillule ?

CASCARET.

Gardez-vous de tenter un projet ridicule,
Il eft un fûr moyen pour être fon vainqueur,
Et ménager vos reins, vos dents & votre honneur.

CARMAGNOLE.

Quel eft-il ce moyen ?

CASCARET.

Elevez la querelle,
Donnez le premier coup : d'amis une fequelle
Par mes foins auffi-tôt fecondant vos efforts,
A grands coups de bâton tomberont fur fon corps ;
Quand il fera moulu, vous pourrez fur fa pance,
Sans crainte vous venger de fon trop d'arrogance ;
Et ferrant de vos mains fon large gaviot,
Il faudra l'obliger de vous céder Margot.

CARMAGNOLE.

Je n'employerai jamais un fi lâche artifice.
Quoi, veux-tu donc ami que je fois le complice

D'un projet où l'honneur se trouveroit blessé ?

CASCARET.

Eh bien, consentez donc, Seigneur, d'être rossé.
Le fier Pilobouffi, tout vain de sa prouesse,
En deviendra plus cher aux yeux de sa Maîtresse....

CARMAGNOLE.

Qu'il périsse plutôt ! c'en est fait, cher ami,
Il ose aimer Margot, il est mon ennemi :
Armons pour l'éreinter d'amis une cohorte,
Prescris-leur bien sur-tout de me servir d'escorte,
Vas, cours les rassembler.

CASCARET.

Reposez-vous sur moi,
Du soin de vous trouver des poingts de bon aloi.
Il sort.

SCENE VI.

FRIGOUSSE, CARMAGNOLE.

FRIGOUSSE.

JE te cherche par tout depuis une heure entiere :
J'allois, mon cher ami, te faire une priere,
Qu'exaucera fans peine un cœur tel que le tien.

Il lui parle à l'oreille.

CARMAGNOLE.

D'obliger mes amis je fais mon plus grand bien,
Vous ferez fatisfait,

FRIGOUSSE.

Qu'as-tu ? tu parois trifte ?

CARMAGNOLE.

Si de tous mes chagrins je vous donnois la lifte,
Leur qualité, leur nombre induiroient votre cœur,
A plaindre de mon fort l'inflexible rigueur.

FRIGOUSSE.

Non, je rirois plutôt de ta fotife extrême :
Pour moi tes déplaifirs ne font point un emblême
Obfcur à deviner : quand on eft amoureux,
Si l'on n'eft pas content il faut brifer fes nœuds :
Quoi ? languir & pleurer, quelle indigne foibleffe !
Il faut être homme enfin, crois-moi, d'une Maîtreffe,

On doit ufer, ami, comme d'un caleçon,
S'il s'ufe on s'en défait, on s'en fert s'il eft bon.
Margot à ton amour eft fourde, inexorable,
Troque-la pour un autre en l'envoyant au Diable.

CARMAGNOLE.

Vous favez mon fecret, feindre eft hors de propos,
Mais vous a-t'on inftruit du plus grand de mes maux?

FRIGOUSSE.

Non,

CARMAGNOLE.

Sachez que Margot dont j'éprouve la haine,
Pour un autre que moi n'eft rien moins qu'inhumaine,
Du fier Pilobouffi l'amour eft écouté,
L'hymen doit les unir.... Tout efpoir m'eft ôté.

FRIGOUSSE.

Eh bien, le grand malheur, d'une piteufe lippe,
Faut-il que pour cela ton minois foit le type?
Prens de mes almanachs, éteins-moi dans le vin
Ta flâme pour Margot, fon fecours eft divin.

CARMAGNOLE.

Le confeil eft fort bon, j'en prévois l'avantage,
Dès aujourd'hui je veux en commencer l'ufage.

Appercevant Margot & Sufon.

Ah! Margot & Sufon.

FRIGOUSSE.

Laiffe-moi la tancer.

SCENE VII.

FRIGOUSSE, CARMAGNOLE, SUSON, MARGOT *tenant une lettre cachetée qu'elle met dans sa poche.*

FRIGOUSSE.

BOn jour, la belle enfant, vous allez bien danser ?
Certainement du bal on vous fera la Reine.

A Carmagnole en lui montrant Suson & riant.

Regarde de Suson la superbe déguaine.

SUSON.

Je crois, mon beau Monsieur, sans trop de vanité,
Qu'on peut bien vous valoir.

FRIGOUSSE , *en lui passant la main sous le menton.*

Mais j'en suis enchanté.

SUSON *le repoussant.*

Finissons,

FRIGOUSSE *à Margot.*

Ce garçon pour vos appas se chême.

CARMAGNOLE.

Qui, moi ? vous vous trompez.

MARGOT *à Suson en montrant Frigousse.*

Il est toujours le même.

SUSON.

C'est un bavard,

FRIGOUSSE *à Margot.*

Jamais les droits de la beauté
N'ont permis d'exercer pareille cruauté,

*Frigousse prend Carmagnole par la main & prend aussi
la main de Margot qui cherche à se débarrasser.*

Allons vîte, la belle, approchez votre patte,
Oh ne m'échauffez pas, si ma colere éclatte,
Vous faites des façons....

MARGOT.

Arrêtes impudent....

FRIGOUSSE.

Qu'on lui donne la main;

MARGOT.

Au secours,

*SUSON à Frigousse, essayant de débarrasser
Margot.*

Un moment,

Comme vous la tirez! ah! quelle violence!

SCENE VIII.

PILOBOUFFI, MARGOT, FRIGOUSSE,
SUSON, CARMAGNOLE.

MARGOT à *Pilobouffi*.

SEigneur, de votre bras j'implore l'assistance.

PILOBOUFFI.

De quel droit, s'il vous plaît, ainsi tarabuster
Madame, que l'on doit chérir & respecter ?
Lâchez-la tout-à-l'heure.

FRIGOUSSE.

Et de quel droit, visage !
Oses-tu m'interdire un simple badinage ?

PILOBOUFFI.

Il suffit qu'à Madame il ne convienne pas
Pour vous en abstenir.

CARMAGNOLE à *Pilobouffi*.

Parlez un peu plus bas,
Vainement vous croyez par cette voix tonnante,
Jetter dans nos esprits la crainte & l'épouvante ;
Subalterne en ces lieux, vous devez devant nous
Observer vos discours, & de plus, filer doux.

PILOBOUFFI.

Mon respect pour Madame arrête la colere
Qu'excite dans mon cœur ton propos téméraire.

CARMAGNOLE, *voulant se jetter sur Piloboufsi.*

Je crains peu ton courroux.

FRIGOUSSE *retenant Carmagnole.*

La paix, la paix, Messieurs.

MARGOT *retenant Piloboufsi.*

Ah ! Seigneur, arrêtez.

CARMAGNOLE.

Nous nous verrons ailleurs.

PILOBOUFFI.

Crois-tu, maître Faquin, qu'être ton camarade
Pour un homme bien né soit donc un si haut grade ?

CARMAGNOLE, *courant sur Piloboufsi.*

Sors donc,

MARGOT, *retenant Piloboufsi.*

Piloboufsi.

FRIGOUSSE, *les séparant.*

La paix.

CARMAGNOLE.

Vil animal.

SCENE IX.

Mᵉ MISTANFLUTE, & les Acteurs
de la Scène précédente.

Mᵉ MISTANFLUTE, *entrant précipitamment.*

Vous faites en ces lieux un joli bacchanal,

A Suson en lui donnant un soufflet.

Allons, gaupe, marchez à votre savonage.

A Margot.

Et vous, il est honteux pour une fille sage
A ses trousses d'avoir à chaque heure du jour
Un tas de fainéans qui ne parlent qu'amour.

A Carmagnole.

Monsieur, sortez d'ici.

MARGOT.

Cette brusque incartade,
D'une insigne Poissarde est bien une boutade :
Madame Mistanflute, apprenez cependant,
A parler sur mon compte un peu plus décemment.

FRIGOUSSE.

Un tas de fainéans, voilà de plaisans titres,
Madame Mistanflute, ah ! vous cassez les vîtres.

Mᵉ MISTANFLUTE.

On n'en veut point à vous, c'est à cette guenon,
Que l'on trouve par tout avec quelque garçon.

MARGOT.

MARGOT.

Si l'on court après moi, c'est que je suis aimable,

Me MISTANFLUTE.

Oh ! non , il n'en est rien , vous êtes effroyable,

MARGOT.

Au moins j'ai la jeunesse , & l'injure des tems ,
En jaunâtres chicots n'a point changé mes dents.

Me MISTANFLUTE.

Vous êtes, ma mignone , en tout genre insipide.

MARGOT.

Et vous , ma belle Dame , en tout tems très-stupide.

Me MISTANFLUTE.

Petite impertinente , avec tes sourcils peints,

MARGOT.

Relique surannée , avec tes cheveux feints.

CARMAGNOLE *retenant Me Mistanflute , qui veut se jetter sur Margot.*

Ah ! Madame.

Me MISTANFLUTE.

Insolente , on connoît tes allures.

MARGOT.

Madame , Mistanflute, on sait vos avantures.

CARMAGNOLE.

Eh ! Mes dames, de grace, étouffez vos débats.

FRIGOUSSE.

Le Diable souffle ici la fureur des combats.

50 PILOBOUFFI,

PILOBOUFFI *à M^e Miſtanflute.*

Madame, croyez-vous par votre droit d'aîneſſe,
Avoir la liberté d'inſulter ſa jeuneſſe ?

Me MISTANFLUTE.

Tiens, ce grand Eſcogriffe.

MARGOT , *en riant.*

Elle veut des Amans ,

Voyez ce bel objet , il lui reſte trois dents ,
Sous ſon bichon poſtiche elle cache un cautere.

Me MISTANFLUTE *furieuſe , ſe voulant
jetter ſur Margot.*

Ah ! je t'arracherai ta langue de vipere.

MARGOT , *les mains ſur les hanches & s'ap-
prochant de M^e Miſtanflute.*

Toi, je ne te crains point.

Me MISTANFLUTE.

Reçois le châtiment

Des propos qu'envers moi tu tiens inſolemment.

*Toutes deux ſe prennent aux cheveux, ſe décoëffent ,
on les ſépare & on les entraîne chacune d'un côté
différent.*

Fin du troiſiéme Acte.

ACTE IV.

SCENE I.

Mᶜ MISTANFLUTE, CARMAGNOLE.

Mᶜ MISTANFLUTE.

NON, l'affront est sanglant, & mon ame outragée
N'aura point de repos que je ne sois vengée ;
Si sur mon seul bichon, la salope en fureur,
Eut exercé sa rage & borné son aigreur :
Mais sa langue, instrument fertile en impostures,
Ne se contente pas de dire des injures ;
Moi, saine comme l'œil ! elle ose en ses accès
Me taxer d'un cautere & railler mes attraits?
Ah ! cette calomnie atroce & détestable,
Me rend pour le pardon toujours inexorable ;
Margot sera chassée.

CARMAGNOLE.

Eh ! Madame, un moment,
De grace, écoutez moins votre ressentiment.

PILOBOUFFI,

Mᶜ MISTANFLUTE.

Margot, cette guenon, toujours vous intéresse,
Et dans tous vos discours un reste de tendresse
Se fait appercevoir : si tu m'aimois, hélas !
Ingrat, pour me venger que ne ferois-tu pas ?
Mais non, de tes mépris....

CARMAGNOLE.

Ah ! ce soupçon m'outrage,
Cessez de me tenir cet odieux langage :
Non, Madame, à jamais vous avez sur mon cœur
Des droits bien établis, dont je me fais honneur.

Mᶜ MISTANFLUTE.

J'apperçois l'effrontée, évitons sa présence.

CARMAGNOLE.

J'y consens, mais surtout méprisons la vengeance.

SCENE II.

SUSON, MARGOT.

SUSON.

Quoi, Madame, à l'instant où d'aimables loisirs
Vont faire sur vos pas cheminer les plaisirs ;
Votre front, qui toujours des graces fut l'azile,
Paroît du noir chagrin être le domicile.
Personne moins que vous n'a lieu de s'affliger ;
D'honneurs, de complimens vous allez regorger.

MARGOT.

Ah ! ma chere Suson !

SUSON.

Eh ! quelle étrange fille !
Qui vous attriste ainsi ? peut-être une vétille ?

MARGOT.

Ne donnes pas ce nom à mon affreux souci ,
Hélas ! je vais quitter mon cher Pilobouffi.

SUSON.

Comment ?

MARGOT , *en pleurant.*

Bien loin du bal avant qu'il soit une heure ,
Je vais pleurer mon fort dans une autre demeure.
Madame, tu le sais, le jour de son départ
Emporta peu de linge , espérant au plus tard
Revenir dans huit jours.... Contre moi tout conspire,
Elle exige aujourd'hui.... Tiens, vois si tu sais lire.

SUSON , *après avoir lu la lettre.*

Le Diable soit du linge.

MARGOT.

Enfin il faut partir,
Juges donc si j'ai lieu de me bien réjouir.

SCENE III.

GUIGNOLET, MARGOT, SUSON.

GUIGNOLET.

Pilobouffi, Madame, est là-bas dans la rue,
Qui voudroit avec vous avoir une entrevue;
Il me dépêche ici....

MARGOT.

Dites-lui qu'à l'inftant
Il me vienne trouver dans cet appartement.

Guignolet fort.

Ah ! cher Pilobouffi, quelle affreufe nouvelle !
Faut-il que malgré moi ma langue te révelle
L'ordre précipité d'un funefte départ ;
Sans toi, chere Sufon, je partirois trop tard.
Arranges mon paquet, tu prendras dans l'armoire
Le linge détaillé dans ce maudit mémoire,
Cours enfuite à la Ferme, & que Blaife à l'inftant
Prépare la monture & vienne promptement.

Sufon fort.

SCENE IV.

PILOBOUFFI, MARGOT.

PILOBOUFFI.

INtrépide Margot, dont la main pétulante
Vient de moriginer une vieille insolente ;
Je veux vous rassurer,....

MARGOT.

Ah ! cher Pilobouffi.

PILOBOUFFI.

Je devine à peu près d'où vient votre souci,
Même c'est pour cela qu'avec impatience,
Je voulois obtenir de vous une audience.
Madame Mistanflute, encor pleine d'aigreur,
D'avoir de votre main senti la pesanteur,
Va sans doute exiger qu'on vous mette à la porte :
Ah ! que plutôt cent fois le grand Diable l'emporte.
Non, non, belle Margot, craignez peu son courroux,
Je suffirai moi seul pour arrêter ses coups.

MARGOT.

Ne vous en mêlez point, je crains peu cette femme,
Aussi-bien qu'elle j'ai l'oreille de Madame.

Elle lui présente la lettre.

Mais lisez cet écrit qu'un bizarre destin,
Jaloux de nos plaisirs a dicté ce matin.

D 4

PILOBOUFFI, *refusant de prendre la lettre.*
Je ne puis à vos vœux en cet inftant foufcrire.

MARGOT.

Pourquoi ? qui vous empêche ?

PILOBOUFFI.

Eh , je ne fais pas lire ;
Elevé dans les camps au milieu des hazards ,
Je n'appris de métier que celui des Céfars ;
Mieux qu'un autre je fais l'art de brifer un crâne ;
Mais ôtez-moi de là , ma foi je fuis un âne :
Cet inftant m'a forcé de vous le déclarer.

MARGOT.

Eh bien , apprenez donc qu'il faut nous féparer.

PILOBOUFFI.

Nous féparer ! vous perdre !

MARGOT.

A ce bal qui s'apprête
J'efpérois avec vous raifonner tête à tête,
Madame attend du linge , & tantôt cet exprès
M'a remis ce billet qui détruit mes projets.
L'ordre qui me prefcrit ce départ que j'abhorre,
Me fait un crime , hélas ! de vous parler encore :
Que vois-je , vous pleurez ! ferrez votre mouchoir.

PILOBOUFFI.

Si l'on me prive , hélas ! du plaifir de vous voir ,
Ne me refufez pas la douceur fugitive
De vous accompagner....

MARGOT.

Non, non, fur le qui vive
Je dois bien me tenir : nous avons dans ces lieux
Des jaloux dont il faut déconcerter les yeux ;
Je prétends bien plutôt qu'en bonne contenance
Vous vous trouviez au bal pour impofer filence.

PILOBOUFFI.

Ciel ! que demandez-vous ? ... L'on m'y trouvera mort,
Je fens que pour mon cœur c'eft un trop grand effort.

MARGOT.

Oui, j'exige de vous ce trait de complaifance.

PILOBOUFFI.

Je ne le promets pas.

MARGOT.

Votre refus m'offenfe ;
Comment, Pilobouffi, vous devez m'obéir,
La raifon, le devoir tout vous le fait fentir.

PILOBOUFFI.

Vous avez fur mon cœur une entiere puiffance.
Je vous obéirai.

MARGOT.

L'inftant fatal avance,
Adieu,

PILOBOUFFI.

Vous me fuyez.

PILOBOUFFI,

MARGOT.

Il faut quitter ces lieux ;
Dans ce dernier regard recevez mes adieux.

SCENE V.

PILOBOUFFI , *après avoir rêvé un instant
en tenant son mouchoir sur ses yeux.*

Quiconque est assez sot , assez vain , assez grue
Pour oser avancer que la douleur nous tue,
Fussent-ils cent contre un , je mets leurs argumens
Au rang des vérités d'un Arracheur de dents.

Il sort.

SCENE VI.

CARMAGNOLE, PILOBOUFFI.

CARMAGNOLE , *arrêtant Pilobouffi.*

CARMAGNOLE.

Arrêtes,

PILOBOUFFI.

Que veux-tu ?

CARMAGNOLE.

J'ai deux mots à te dire.

PILOBOUFFI.

Parles très-promptement, ou bien je me retire.

CARMAGNOLE.

Je te trouve plaisant de faire les yeux doux
A l'aimable Margot.

PILOBOUFFI.

En serois-tu jaloux ?

CARMAGNOLE.

Sçaches qu'il n'appartient qu'à gens de mon espece,
De briguer sur les rangs sa main & sa tendresse.

PILOBOUFFI.

J'en conviens.

CARMAGNOLE.

Cependant on m'a dit qu'en secret
Ton cœur se repaissoit d'un espoir indiscret.

PILOBOUFFI.

La chose se pourroit.

CARMAGNOLE.

Quoi ! ton orgueil t'inspire
Le dangereux honneur de chercher à me nuire ?

PILOBOUFFI.

Quel en seroit le risque ?

CARMAGNOLE.

Ah ! si je le croyois,
Vil maraut, à l'instant, oui je t'assommerois.

P I L O B O U F F I ,
     P I L O B O U F F I.

Parles fans t'échauffer.

C A R M A G N O L E.

Redoutes ma colere.
D'ici je puis chaffer un Rival téméraire.

P I L O B O U F F I.

Ma prudence en impofe à mon reffentiment ;
Et me fait méprifer ton propos infolent :
Je pourrois d'un feul coup t'écarbouiller la face,
Ou difloquer au moins ta chétive carcaffe.
Mais un pareil exploit n'eft pas fait pour ma main ;
En me couvrant de honte il te rendroit trop vain.
Apprends que ta Maîtreffe avant huit jours me donne,
Pour prix de mon amour fon cœur & fa perfonne.
Voilà comme avec toi je prétends me venger.
Adieu, creves de rage.
Il le prend à la cravate, le pouffe rudement & fort.
CARMAGNOLE , *courant après lui.*
Il faut nous égorger.
        Seul.
Mais l'infolent m'échappe , il brave ma vengeance ;
Je ne puis digérer cette mortelle offenfe.

SCENE VII.

CASCARET, CARMAGNOLE.

CASCARET.

SEigneur, tous nos amis, rassemblés par mes soins,
De la salle du bal occupent les recoins ;
Chaque instant de retard semble augmenter leur zele,
Ils brûlent de vous voir élever la querelle ;
Leur cohorte n'attend qu'un seul coup pour signal,
Et d'abord elle fond sur votre fier Rival.

CARMAGNOLE.

Cette nouvelle, ami, me fait tressaillir d'aise.
Je serai donc vengé, viens-çà que je te baise :
                              Il l'embrasse.
Tu me vois pâle encor de rage & de douleur.
D'ici le gredin sort en narguant ma fureur.
Mais as-tu bien prescrit, dans cette grave affaire,
A tous nos Conjurés le secret nécessaire ?

CASCARET.

Par un serment affreux ils s'y sont engagés,
En bûvant le Coignac dont je les ai gorgés.

CARMAGNOLE.

A toi feul, cher ami, je ferai redevable
Du plaifir d'éreinter un Rival redoutable,
Pars, & dans l'affemblée hâtes-toi d'arriver;
L'affaire eft en bon train, c'eft à moi d'achever.

Fin du quatriéme Acte.

ACTE V.

SCENE I.

Mᵉ MISTANFLUTE.

CArmagnole avant moi devoit ici se rendre,
Qui peut donc l'arrêter? est-ce à moi de l'attendre,
Hélas ! que son amour est différent du mien !
Je sens qu'auprès de lui l'univers ne m'est rien.....
Ah ! vous voilà, Monsieur, vous venez à belle heure.

SCENE II.

CARMAGNOLE, *avec une grosse canne à la main.* Mᵉ MISTANFLUTE.

CARMAGNOLE.

SOuvent pour se hâter plus long-tems on demeure.

Mᵉ MISTANFLUTE.

Vous aurez de la peine à guérir mes soupçons.

CARMAGNOLE.

Vous me faites damner, sachez donc les raisons....

Me MISTANFLUTE.

Je ne t'écoute point, comment, traître, infidele,
Oſes-tu me nier qu'à ta grande haridelle ?
Margot, pour qui ton cœur a toujours du penchant,
Tu ne ſors pas de dire adieu dans ce moment ?

CARMAGNOLE.

Je ne ſais quel Démon ſans ceſſe vous harcelle,
Mais, Madame, en honneur, vous perdez la cervelle.
Quel eſt ce quiproquo d'adieux faits à Margot ?

Me MISTANFLUTE.

Vous ſavez ſon départ.

CARMAGNOLE.

Je n'en ſais pas un mot.

Me MISTANFLUTE.

Comment, vous ignorez qu'elle part pour la Terre,
De ce gros Financier, Monſieur de Fermeſerre ?

CARMAGNOLE.

Eh ! Qui Diable auroit pû m'apprendre ce départ ?
Tandis qu'à m'habiller, dans ma chambre à l'écart,
Je ſuis reſté tout ſeul depuis une heure entiere :
Quoi ! c'eſt ſur un ſoupçon que votre morgue altiere,
Inſulte au tendre amour que je reſſens pour vous.

Me MISTANFLUTE.

Ah ! mon fils, mon mignon, moderes ton courroux.

CARMAGNOLE.

Madame, c'eſt porter l'amour juſqu'à la rage,
Quand pour un tel ſujet on fait tant de tapage.

Ceſſez

Cessez de m'accuser du desir crapuleux
De priver un Froteur de l'objet de ses feux.

Me MISTANFLUTE.

Tu dois me pardonner cette tendre querelle.

CARMAGNOLE.

Moi, qui brûle pour vous de l'ardeur la plus belle !

Me MISTANFLUTE.

Tu me serres le cœur.... Je reconnois mon tort.

CARMAGNOLE.

Vous faites-là, Madame, un généreux effort.

Me MISTANFLUTE.

Oublions le passé.... Monsieur de Carmagnole
Me gratifiera-t-il d'une douce parole ?
Quoi ! tu boudes toujours ?

CARMAGNOLE, *en la regardant tendre-*
ment & lui présentant la main.

Je devrois vous haïr.

Me MISTANFLUTE.

Allons, ne parlons plus que de nous réjouir ;
C'est Margot qui paroît, laissons cette bégueule,
Se désoler ici de partir toute seule.

Ils sortent.

E

S C E N E   I I I.

MARGOT *en mantelet, tenant un paquet qu'elle pose sur un fauteuil.*

MARGOT *apostrophant Me Mistanflute.*

Tu triomphes, guenon, & de ton air content
Tu veux cacher en vain quel est le fondement ;
Jouis de ton bonheur, mon départ te l'assure ;
Mais aussi de retour, prends garde à ta figure.

S C E N E   I V.

SUSON *entrant précipitamment*, MARGOT.

S U S O N.

Madame, je vous cherche avec empressement.

M A R G O T.

Que veux-tu donc me dire ?

S U S O N.

Attendez un moment....
Je suis toute essoufflée.... Ah ! quelle perfidie !...
Les gueux,.... Les scélérats.... En vouloir à sa vie !

MARGOT.

Acheves, ce difcours fait naître dans mon cœur
De noirs preffentimens qui me glacent d'horreur.

SUSON.

Madame, avec raifon votre ame eft inquiete :
De fuppôts de l'Enfer une bande complette
A formé le deffein d'affommer votre Amant,
Ces coquins réunis en ont fait le ferment,
C'eft au bal qu'on l'attend, Carmagnole en furie,
Eft l'auteur du complot d'attenter à fa vie.

MARGOT.

Approches .. Soutiens-moi... Je fens fous mes jupons,
Mes jambes fe roidir ainfi que des bâtons.
Les barbares ! d'effroi tout le corps me friffonne....
Mais il faut tout tenter pour fauver fa perfonne :
Volons à fon fecours.

SUSON.

Allons, je fuis vos pas :

A Pilobouffi.

Vous venez à propos nous tirer d'embarras.

SCENE V.

PILOBOUFFI *en habit bourgeois*, MARGOT,
SUSON.

MARGOT *en courant à Pilobuffi.*

SEigneur, fi j'ai fur vous quelques droits à prétendre,
Ne me refufez pas la grace de m'entendre....

PILOBOUFFI.

Madame, je venois prendre congé de vous,
Avant que de me joindre à ce tas de grigoux,
Où votre volonté malgré moi m'affocie,

MARGOT.

Fuyez, Pilobouffi, c'eft fait de votre vie,
On veut vous affommer ; Carmagnole jaloux,
A juré de vous faire expirer fous fes coups.

PILOBOUFFI.

Carmagnole !... Ah ! le gueux ! Ne craignez rien,
Madame,
Je faurai diffiper cette odieufe trame.

MARGOT.

Ah ! Seigneur, je le crois ; mais ce lâche Valet
N'ofera pas de front vous prêter le colet :
De coquins ramaffés & vendus a fa rage,
Il s'eft fait un rempart contre votre courage.

PILOBOUFFI, *courant à un balai de crin*
dont il caffe la broffe d'un coup de pied
& tenant le manche dans fa main.

Madame, ils me verront....

####### MARGOT *l'arrêtant.*

Ah ! je frémis d'horreur !
Le nombre quelquefois accable la valeur :

Elle fe jette à fes pieds.

Arrêtes.... Tu me vois à tes pieds fondre en larmes,
Mon cher Pilobouffi... Fais ceffer mes allarmes...
Au nom de notre amour....

####### PILOBOUFFI.

Laiffons tous ces propos,
Je fuis formé du bois dont on fait les Héros,
Fuffent-ils dix fois plus, non, je ne les crains gueres,
Ce bâton me fuffit contre ces téméraires.

Il s'échappe de Margot & fort.

####### MARGOT.

Je ne le verrai plus, ah ! Sufon, c'en eft fait,
Cours, voles fur fes pas.

SCENE VI.

BLAISE *le chapeau à la main*, MARGOT.

BLAISE.

Madame, le baudet,

MARGOT *assise dans un fauteuil sans appercevoir Blaise.*

Cher & futur époux, si l'amour fait ton crime;
Ah! que ne me prend-on pour premiere victime.

BLAISE.

Madame, le baudet.....

MARGOT.

Que vais-je devenir ?
J'ignore ton destin, on m'attend pour partir.

BLAISE.

Eh, le baudet, Madame....

MARGOT, *l'appercevant.*

Au Diable ta monture,
Quoi, ne sais-tu donc rien de l'affreuse avanture ?

BLAISE.

Est là-bas tout bridé....

MARGOT, *le chassant.*

Vas, malheureux balourd,
Je te suis promptement, attends-moi dans la cour.

Sufon ne revient point... Ah ! fatale journée !...
Aux plus affreux foucis mon ame abandonnée...;

BLAISE.

Mais le baudet, Madame....

MARGOT *fe levant avec colere & le chaffant.*

Impertinent gredin ,

Sors, ne m'échauffes pas.

SCENE VII.

FRIGOUSSE, MARGOT, BLAISE.

FRIGOUSSE.

Pourquoi donc tout ce train ?
Comment, la belle enfant , vous êtes en colere ?
Blaife feul avec vous !... Ceci fent le myftere :
D'un billet amoureux feroit-il le porteur ?

MARGOT *affife.*

Venez-vous m'annoncer quelque nouveau malheur ?

FRIGOUSSE.

Quoi ! que voulez-vous dire ? ici dans l'indolence,
Pourquoi n'êtes-vous pas à ce bal qui commence ?
J'y fuis , vous attendez fans doute votre amant ?

MARGOT.

Je n'attends que la mort , dans mon état préfent ,

E 4

Hélas ! de tous les biens c'eſt le ſeul que j'envie.

FRIGOUSSE.

Pourquoi vouloir ſi jeune abandonner la vie ?
Quels fâcheux accidens obſcurciſſent des jours,
Qu'à bas bruit vous filiez pour les tendres amours ?

MARGOT.

Epargnez-moi, Monſieur, un détail néceſſaire,
Qu'il ne m'eſt pas poſſible à préſent de vous faire....
Elle apperçoit Suſon, & courant à elle avec précipi-
tation.

Ah ! te voilà, Suſon, eh bien, ma chere enfant,
Que fait Pilobouffi dans ce fatal moment ?

SCENE VIII.

SUSON *toute échevelée & boitant*, MARGOT,
FRIGOUSSE, BLAISE.

SUSON.

A Mes cheveux épars, à ma pâleur mortelle,
Madame, vous pouvez juger de la nouvelle ;
J'ai bien cru qu'aujourd'hui ſeroit mon dernier jour,
On ſe roſſe, on s'éreinte...

MARGOT.

Ah ! parles ſans détour,
Pilobouffi ?

SUSON.

Madame, il se bat comme un Diable :
Envain des assommeurs la cohorte l'accable,
Il leur tient tête à tous, & ferme comme un roc,
A grands coups de bâton il repousse leur choc.

MARGOT.

Et son lâche Rival ?

SUSON.

Il est sur la litiere,
Maudissant les effets de son humeur altiere :
Voici l'histoire en bref de cet Amant hargneux,
Pilobouffi, Madame, en sortant de ces lieux,
D'un pas impétueux, guidé par son courage,
Avec empressement s'éloignoit du village ;
Je courois après lui, mais inutilement
Je fis tous mes efforts pour gagner le devant,
Il eut toujours sur moi cinquante pas d'avance.
Sous ces arbres touffus où commençoit la danse,
Je le vois s'empresser de chercher son Riv
Il l'apperçoit enfin & d'un ton très-brutal,
C'est donc toi, lui dit-il, vil pendant de carosse,
Qui prétens te jouer au Héros de la brosse ?
Que ton exemple apprenne aux faquins tels que toi,
Qu'ils doivent redouter les gens de mon aloi.
Aussi-tôt *brandissant* sa fatale houssine,
Du pâle Carmagnole il mesure l'échine :
L'infortuné Laquais chancelant, éperdu,
Sous le poids du gourdin est par terre étendu :

Déja d'un fecond coup les apprêts formidables ;
N'annonçoient que la mort ou bien les incurables ,
Quand tout-à-coup dans l'air s'élevent des clameurs ;
Qui d'un affreux combat préfage les horreurs :
De cannes , de bâtons nombre de mains armées ,
Contre Piloboufli paroiffent animées ;
Il fe forme à l'inftant une évolution ,
Qui range autour de moi les combattans en rond :
Je demande à grands cris qu'on me fraye une iffue ,
Pour fortir au plutôt de l'horrible cohue ;
Lorfque d'un coup de pied décoché par hazard ,
A vingt pas du combat l'on me jette à l'écart :
Je boite, vous voyez...

FRIGOUSSE.

C'eft une bagatelle ;

Il eft beau de fervir   mis ayec zèle.

SUSON appel___ 't Guignolet & jettant un

hd cri.

t.

MARGOT.

Piloboufli n'eft plus ?

S C E N E IX.

GUIGNOLET *tenant son mouchoir à ses yeux*,
MARGOT , FRIGOUSSE , SUSON ,
B L A I S E.

G U I G N O L E T.

LA douleur me suffoque... ô regrets superflus !
SUSON *courant à Margot qui tombe évanouie*.
Eh , vîte du secours.

F R I G O U S S E.

La voici qui se pâme ;
Tiens , voilà mon flacon.

S U S O N.

Je crois qu'elle rend l'âme.

A Blaise.

Vas me chercher de l'eau... Cours donc, maudit va-
lourd.

A Margot.

Allons , Madame , allons , votre Amant voit le jour,

A Frigousse.

Reprenez vos esprits... Soutenez-lui la tête.

F R I G O U S S E *à Guignolet.*

Regardes ton exploit , tu viens comme une bête,
Le mouchoir à la main heurter tragiquement.

GUIGNOLET.

Pour me blâmer, Monſieur, attendez un moment.

MARGOT.

Pourquoi me rendre, hélas! au jour que je déteſte ?
Pilobouffi n'eſt plus !

GUIGNOLET à Frigouſſe.

Lui dirai-je le reſte ?

BLAISE rentre avec un pot plein d'eau.

Voici le pot à l'eau.

SUSON à Margot.

Buvez, pour les vapeurs
Ce remede vaut mieux que toutes les liqueurs.

MARGOT après avoir bû.

Guignolet, de ta langue éloignes l'artifice,
Dis-moi la vérité... Le doute eſt un ſupplice.

GUIGNOLET.

Vous le voulez, Madame, il faut vous contenter ;
Le récit en eſt long.

FRIGOUSSE.

Que va-t'il lui conter !

GUIGNOLET.

Votre Amant du combat auroit eu l'avantage;
Si de la trahiſon l'on n'eut point fait uſage :
Il frappoit comme un ſourd, à tort comme à travers,
Déja d'eſtropiés les champs étoient couverts.
Quiconque du bâton oſe braver l'approche,
Eſt certain d'attraper une lourde taloche :

Pilobouffi triomphe & d'un groupe de gueux,
Il sembloit épargner les restes malheureux ;
Quand l'Enfer suscitant un de ses Satellites,
Infâme rejetton de flâmes illicites !
Cascaret par derriere, au défaut du pourpoint,
Le frappe où les chapons portent leur embonpoint.
Ce coup, quoique porté par une main peu sûre,
Fait au Héros surpris une large blessure,
Sa force l'abandonne, il tombe sans vigueur,
Exprimant par un cri sa rage & sa douleur...

MARGOT.

Eh ! l'on ne roueroit pas ce traître abominable,
Monstre avide de sang, assassin exécrable ? ...
J'y mangerois plutôt la paille de mon lit.
Oui, tu seras vengé de cet affreux délit.
Tu pleures, Guignolet, quoi, de la catastrophe,
N'est-ce pas là la fin ?

GUIGNOLET.

C'est la premiere strophe...

Ce guerrier atterré voit fondre sur son corps,
Des geoles de Satan les infâmes recors :
Il ne peut opposer à leur fureur barbare,
Qu'un bras foible, épuisé, dont chacun d'eux se gare :
Les enragés qu'ils sont profitent du moment,
Pour faire un haricot de votre pauvre Amant ;
Enfin las de frapper ils laissent sur l'arene,
Pilobouffi fourbu, sans poulx & sans haleine.

MARGOT.

Suſon, un froid mortel ſe répand ſur ma peau,

Donnes-moi, je te prie, un ſecond verre d'eau..;
    Après avoir b û.

Pourſuivez, Guignolet.

GUIGNOLET.

Couché ſur la pouſſiere,

Ce Héros touchoit preſque à ſon heure derniere,

Il me voit, il m'appelle, & me tendant les mains,

Cher ami, me dit-il, *on m'a briſé les reins :*

Je ne regrette pas de quitter la perruque,

Oüi, je vois ſans effroi la mort qui me reluque,

Carmagnole eſt puni, j'ai dompté ſon orgueil,

Et l'honneur avec moi deſcend dans le cercueil,

Mais de mon tendre amour.... A ce mot il s'arrête,

Deux grands yeux effarés lui roulent dans la tête,

Il demeure immobile, hélas ! ſans un hocquet !

J'aurois, ſur mon honneur, cru que c'en étoit fait :

Enfin de prompts ſecours le rendent à la vie,

Et d'un ton qui fait craindre une autre létargie,

Il me tient ce diſcours: *Ami, cours de ce pas,*

Faire part à Margot de mon prochain trépas:

Dis-lui que je l'adore, & qu'aucune femelle

N'eut jamais ſur mon cœur d'auſſi puiſſans droits qu'elle:

Quoiqu'on n'ait point ſur nous prononcé conjungo,

Je ne me crois pas moins ſon tendre époux, ergo,

Portes-lui cette montre & cette tabatiere,

Que me donna jadis ma tante la Fruitiere :

Dis-lui qu'en conséquence elle reclame aussi
Les gages de deux ans qui me sont dûs ici ;
Que d'un mari futur la pitoyable histoire
Occupe quelquefois son cœur & sa mémoire,
Margot... chere Margot... Objet de mes desirs,....
Il ne peut achever que par de longs soupirs ,
Une seconde crise étouffe sa parole,....
Il dit encor *Margot....* & son ame s'envole.

F R I G O U S S E.

Comment , il est défunt ?

G U I G N O L E T.

Oui , Monsieur.

F R I G O U S S E.

Quel destin !

S U S O N.

Son trépas est-il sûr ?

G U I G N O L E T.

Il n'est que trop certain !

A Margot.

Je viens du testateur ami peut-être unique ,
Remettre entre vos mains ce présent magnifique.

Il lui présente une montre & une tabatiere d'argent.

M A R G O T.

Donnes... gages sacrés d'un amour vertueux,
Vous ne cesserez point de m'être précieux !
Allons, cher Guignolet , puisque je vis encore ,
Mêler nos pleurs au sang du Héros que j'adore,

Rendons-lui tous nos soins, unissons nos douleurs;
Et par tout l'univers cherchons-lui des vengeurs.

      Elle emporte son paquet.

Fin du cinquiéme & dernier Acte.

APPROBATION.

J'AI lû par ordre de Monseigneur le Chancelier, PILOBOUFFI Tragédie, avec une Préface. Fait à Paris ce 19 Juillet 1754.

      DE CAHUSAC.